REPARTIE

EN FAVEVR

DV LIVRE DE MONsieur de Cahaignes, des eaux d'Hebecreuon, pres de Sainct Lo.

Contre

L'autheur d'vn libelle scandaleux intitulé, *Admonitio ad I. Cahagnesij in Academia Cad. medicinæ professoris Regij libellum, de aquis medicatis, &c.*

A CAEN,

De l'Imprimerie de IAQVES LE BAS, Imprimeur du Roy.

CIƆ IƆ CXIIII.

A MONSIEVR MONSIEVR DE CAHAIGNES.

MONSIEVR,

Il ne faut au Printemps que la voix d'vn Pinson, pour émouuoir tous les Rossignolz d'alentour. Peut-estre que ces trois ou quatre pages begayantes, donneront suiet à beaucoup d'honnestes gens, qui tiennent à louange d'auoir esté ou d'estre vos escoliers, de faire paroïstre leurs beaux esprits, contre l'autheur de ce libelle, qui vous attaque. Ie les inuite auec moy, au ressentiment de ceste iniure. De vous, Monsieur, ie croy que vous feriez tort à vostre aage, à vostre reputation, & au rang que vous tenez entre les doctes, d'entrer en lice contre vn si foible assaillant. Le rocher esleué, mesprise la fureur des ondes, qui ne peuuent que lecher ses piedz. Ce vous est vne marque honorable d'auoir des enuieux; puisque la vertu les a tousiours en suitte. C'est vne honte à cestuy-cy, de vous assaillir soubs vne autre escharpe que la sienne: Et de se mettre à l'abry des coups, en la dissimulation de son nom. Si l'honneur luy fait prendre la campagne, & qu'il ne se deguise plus, ie croy qu'il verra sortir de ceste Academie, des Essains, dont les aiguillons luy feront aduouër, qu'ils sont autres qu'il ne les qualifie. En cest exercice, & par tout ailleurs ie me feray cognoistre

Monsieur,

Vostre plus obeissant seruiteur

DES DEMAYNES.

REPARTIE, EN FAVEVR DV LIVRE de Monsieur de Cahaignes, des eaux d'Hebecreuon, pres de S. Lo.

CONTRE L'autheur d'vn libelle ſcandaleux intitulé. Admonitio &c.

V te trompes, Ariſtarque enuieux, & nous trõpes. Nous, en ce que tu nous fais attribuer ton admonition, à qui, peut eſtre, n'y penſa iamais: Toy, en ce que nous penſant faire croire, que François Chicot en eſt autheur, nous ſcauons qu'il ne l'eſt pas. Cependant ceſte ſuppoſition de nom, te fait tomber en deux ou trois vilains crimes. Car comment te pourras-tu excuſer de fauſſeté, de menterie & de lascheté? De fausseté, ayant employé faussement son nom pour le tien, en quoy tout le public est offensé. De menterie, donnant, comme tu fais, faux tesmoignage à la posterité, que Chicot est autheur de ceste Admonition: Et n'est-ce pas comme si tu tesmoignois qu'il eust signé vne obligation, qu'il n'auroit iamais veuë? De lascheté, en ce que mentant ainsi lourdement, ou malicieusement, tu as esté couard enuers les hommes & brauache enuers Dieu. Tu n'as point eu crainte de mentir deuãt luy, & t'es mis à couuert des hommes. O la grande poltronnerie! D'ailleurs, tu as mis au monde vn enfant desauoué, vn bastard, vn filz de putain. On demande, s'il tient pas de toy? Car toute pie ressemble de la queuë à sa mere. *Simile generat sibi simile.* Arist.

Commençant ton auant-jeu, feignant & cachant le ſublimé ſoubs le ſucre, tu attaques Chicot, monſieur de Cahaignes & toute l'Vniuerſité de Caen: Et te plains de ce que l'on auroit receu Chicot, à quelque degré de Medecine, n'ayant acquis la cognoiſſance des langues. Ie te prie ne nous ſers point à couuert, procede comme les François; ne picque point tes amis par derriere. Ie ne veux pas faire pourtant contre toy, vne Apologie pour Chicot. Qu'il te iette, s'il veut, ſes boettes à la teſte. Mais il dit que la ſcience ne conſiſte pas aux langues: Et qu'Ariſtote, bien que ſcauant d'ailleurs, n'eſtoit qu'vne duppe en la medecine, non plus que toy. Il dit, que tu faces vn rolle des malades que tu as guaris, & qu'il te ſurpaſſera dix fois en nombre de belles cures qu'il a faictes. Qu'vne bonne partie de la medecine, est maintenant en françois, & toute la philosophie: Et qu'auec ce qu'on y peut apprendre, & vne bonne experience, l'on peut secourir ses amis. Mais à vous deux le debat. Toutesfois, pour t'en dire ce que i'en ay appris, ie voudrois tousiours preferer l'experience à la science: C'est par elle, que la science de medecine est venue au monde; C'est elle qui l'a engendree; C'est sa mere. Ie sçay bien qu'il y a trois sectes de Medecins: les vns sont simplement rationels, qui alleguent, qui causent, qui discourent, qui cajolent, qui parlent, Phœbus, Hippocrate & Galen; bref, qui n'ignorent rien, à les ouir, affirmatifz, presomptueux, arrogantz, comme ton liure. Ceste Secte est tresdangereuse. L'autre est des Empiriques qui n'ont leur recours qu'à l'experience, & à l'vsage. Nous auons accoustumé d'en faire ainsi (disent ils) Mille malades, ont esté guaris de ce mesme remede. Ceste Secte n'est pas certaine. S'il arriue qu'elle face bien vne fois; elle fera mal deux autres. La Secte, qui est au milieu de ces deux, est la plus seure. Elle ioint l'experience auec la raison. Elle a la cognoissance des causes, des maladies & des remedes, & les sçait diuersifier selon l'aage, les forces, les saisons, les regions, la constitution de l'air, auec experience & iugement. La rationelle, babille tousiours, voire à la table & parmi les femmes, tantost grec, tantost latin, à propos & sans propos. Ceste-cy, parle peu, encore qu'elle fust enquise : mais, elle vient promptemẽt aux remedes, còmme Cardan à Paris, *Bisognono*

Bon. *d'vno Clistere.* Elle donne droit au poinct auec cognoissance de cause; sçachant bien que la fin de la medecine, c'est de guarir, & non pas de causer. Enquoy i'estime que le iugement donne vn plus grand aduãtage, que la memoire chargee de beaucoup de textes.

Ceste raison a peut estre fait, que l'on a donné à Chicot quelque degré en medecine, afin qu'il tint rang deuant les autres Apoticaires d'Auranches; Et qu'il peust, comme plus capable, pratiquer la medecine,

Reg. Sat. 3. *Puis qu'on n'est pas docteur, sans prendre les degrez.*

Qui a t'il en cela qui te blesse? Seroit ce qu'il t'auroit fait perdre quelques pistoles, ou que sa prosperité te fist plus de mal, que la tienne ne te cause de bien? Bon Dieu que tu as d'affaires! venons à ton texte, *Ac primum, vt in vni-*

uersum dicam &c.

Dés l'entree de ce discours ta passion t'emporte, donnant ton iugement du liure. de monsieur de Cahaignes, sans l'auoir examiné. Tu deuois attendre à la fin. De fol iuge, brefue sentence. Tu as faict comme ceux qui iugent sus l'etiquette du sac; Aussi ne te croyons nous pas. Tu le blasmes apres, d'auoir escrit en latin, & toy-mesme y escris. Tu m'accuseras, peut estre, d'escrire en françois. Car au Guelphe tu es Gibelin; & au Gibelin tu es Guelphe.

Mais quelle vanité trouues tu en ce que monsieur de Cahaignes dit auoir esté Professeur en medecine trente sept ans? Celuy qui dit vray, le doit il pas tousiours dire, & d'autruy & de soy mesme? Seroit-ce vanité à Cæsar de dire, qu'il s'est trouué en plus de cin- Plutar. Suet.

quante batailles rangees? Ce n'est pas ou il te tient. C'est que chez toy, la poche sent le harenc. Tu as l'ame tainte de ce vice, & ne fais rien qu'en sa faueur: tu iuges de mesme des autres. N'est-ce pas vanité, qui te fait attaquer ce bon homme, aagé de soixante & six ans, ou plus, tenu pour le plus docte, le plus humain, le pl⁹ liberal de to⁹ les medecīs de Normādie? Pensestu, Auortō de foiblesse, arracher la massue des mains de cêt Hercule? Pēses-tu acquerir du nō en le blasmant? Entendz ce qu'il te dit par nostre Poete.

Rons. *Tu médis de mon nom, que la France renomme,*
Abboyant ma vertu, & faisant du bragard,
Pour te mettre en honneur, tu te prendz à Ronsard.

Mais voyons le texte de Cahaignes & tes refutations. *Entre les elementz,* (dit-il) *le feu & l'eau tiennent le premier rang & sont les principaux &c.*

Qui iamais des Philosophes, ou des Medecins a contredit cela, sinon toy, qui n'es ny l'vn ny l'autre? Car si tu l'estois, tu aurois veu que les philosophes tiennent que la chaleur & la froideur sont qualitez actiues: Et l'humidité & la siccité qualitez passiues au mélange des choses naturelles. Et que les Medecins disent que la chaleur & la froideur sont beaucoup plus actiues que les deux autres. Or agir, est plus noble que patir. C'est donc bien dict, que le feu & l'eau tiennent le premier rang entre les elements. Les antiens philosophes ont creu que le feu estoit comme l'ame du monde, & pour ceste occasion luy ont faict des sacrifices. Pren donc vne autrefois des besicles, ou y

Arist. lib. de gen. & cor. li. 2. de ortu & inter. lib. 4. meteorologiæ cap. 1. Gal. lib. de cur. rat. & lib. 1. de fac. nat. Arist.

Plat. in Cratyl.

regarde de plus pres.

Auec pareille aueugleté, tu poursuis à le reprendre, en ce qu' il a dict, *soubs le nom de feu, ie n'entends pas vn feu semblable à celuy d'icy bas, qui deuore tout: Mais vne chaleur ætheree, qui donne & conserue la vie.*

lib. de cal. inn. & lib. de abd. rer. caus.

Si Fernel n'auoit point faict des liures & des traittez entiers sur ce suject, on t'apprendroit ce qu' il t'enseigne, en interpretant M. de Cahaignes. Ouure les yeux de ton entendement, ly Fernel à bon escient & l'interprete mieux. Ce deuroit estre ton breuiaire. Mais tu te plains de ce que par le FEV, Mr. de Cahaignes entend la chaleur.

Tu deuois premierement intenter ce procez contre Hippocrate, qui nomme la fiéure, vn feu; & ceux qui ont la fiéure, épris de feu. Que si tu veux faire experience, si le feu ætheré brusle & deuoré, comme celuy dequoy nous nous seruons, va faire ton espreuue toy mesme; n'y enuoye personne. Aussi bien tu pourrois prendre quelque iour le ciel par escalade.

Mais ie ne me peux assez rire de ton ris & de tes Pyraustes. Si tu auois bien leu Aristote & Galen; ils t'auroyent appris que la vie a son siege & est conseruee par vne chaleur diuine, formelle & agissante, d'vne origine & d'vne essence celeste, qui toutesfois est faicte en quelque façon elementaire icy bas. L'on ne vid iamais de corps viuant sans chaleur; Et si tost que la chaleur y est esteinte, le corps demeure comme vn trõc sans aucune function: Il s'ensuit donc qu'il faisoit ses actions & functions par le ministere d'icelle. *Habitus priuatione co-*

2. de ort. & 8. sap.

Com. 5. ad 6. Epid.

Fer. lib. de cal. In. & Riol. cõ. in eund. lib.

Arist.

gnoscitur.

Sus la fin de ceste periode tu fais le flateur: *beneuoli monitoris vice fungor*, (dis-tu)

Tesmoignage d'vne ame belistresse. Parle hardiment, & ne mords point en riant. Tu me fais souuenir de la belette d'vn moulin, qui pour attraper les souris se plastroit toute de farine. Mais vn rat luy dist (tu sçais bien que les
Ad. Veh. bestes ont parlé latin) *sic valeas vt*
f. 56. *farina es*. Aussi l'on te dira: Dieu te soit en aide, comme tu es amy.

Commençons de venir aux eaux. *Entre les eaux propres à boire* (dict Cahaignes) *les vnes nourrissent, les autres sont medicamenteuses.*

VVecker ter. p. l. 1. Ortel. in hyb. M. Pol. l. 1. c. 18. Plin. lib. 31. cap. 2. Ceste distinction est si claire, & si commune, que c'est merueille, que tu la veux impugner: Car il y a des eaux qui ne sont pas propres à boire, & qui sont mortelles à qui les boit. Mais tu t'offenses de ſes de ce mot, *liquida*, duquel tu pretends que Cahaignes ait mal vſé, comme ſi l'on trouuoit de l'eau ſolide (dis tu) qu'on peuſt maſcher.

Tu es vn vaillant grammairien! Appren, pauure idiot, que *liquidus*, *liquida*, *liquidum*, eſt vn adiectif, qui ſe prend tantoſt pour ce qui eſt ſeulement fluide & coulant; Et d'autrefois pour ce qui eſt net, pur & clair, comme en ce lieu de Cahaignes; & en Virgile, *liquidúmq; per aëra lapſæ*. N'oubliez pas vne autrefois voſtre Calepin, monſieur le philoſophe. 6. æneid.

Or nous voicy au nœud de la cauſe. *Ceſte eau* (dict Cahaignes) *n'eſt pas ſimple, mais participante du fer, du vitriol, & du ſouphre, qui ſe trouuent ordinairement aux minieres de fer.*

Tu fais icy merueilles de diſcourir: Mais touſiours en Sophiſte, qui ne reſſent rien du vray philoſophe. Voyons comme tu procedes. Tu dis, *que tu as appris de quelques ouuriers qui trauaillent à bécher & tirer le fer, que l'on n'y trouue point de vitriol ny de ſouphre.*

Ie ne m'eſtonne pas ſi tu es ſçauant en cela; tu y as eu de beaux maiſtres. Tu es allé demander à quelques pauures diables, (Car les diables trauaillent aux minieres quelquefois) qui t'ont mal enſeigné, & puis tu nous en veux conter. Car premierement on ne beche point le fer; mais la mine, dequoy on le fait: Cependant tu dis, *effodiendo ferro*. Il ne te falloit pas attendre à tels maiſtres pour t'inſtruire. Tu te deuois ſouuenir que Budeus ne ſe peut iamais rendre ſçauant par tous les orféures de Paris, ſi l'or diminuoit au feu ou non. Il te falloit parler aux maiſtres des groſſes forges, qui t'euſſent appris, s'ils auoyent voulu, qu'en fondant la mine,

Olaus lib. 6. cap. 5.

Bo. liu. 2. ſec. 10.

Pour faire le fer, il se trouue non seulement du souphre & du vitriol: Mais quelquefois du cuiure & de l'argent, qui se separent du fer, par l'action du feu. *Caloris est heterogenea segregare*. Les maistres forgerons à qui i'en ay parlé, m'ont appris autrement que ces heres qui t'ont instruict. Nous voila donc appointez en preuues contraires. Demandons vn commissaire pour ouir nos tesmoins. Et cependant ie te renuoye à *Geber*, Albert le Grand, & Libauius, qui n'en sont pas d'accord auec tes precepteurs.

Arist.

Poursuiuant, tu denies qu'il y ait aucune saueur au fer, & pour faire l'habile homme aux despens d'Aristote & de Theophraste, tu recerches la nature de la saueur. Tu deuois premierement les accorder ensemble. Car outre ce qu'Aristote en met huict, & Theophraste dit qu'il n'y en a

Theo. l. 6. cap. 3.

que ſept; ils ne les ſpecifient pas l'vn comme l'autre. Et Galen n'en recognoiſt que ſix, contre l'opinion de tous deux, aſçauoir le doux, l'amer, l'acre, l'aigre, le ſalé, & l'auſtere. Mais ainſi que les quatre elements, ou leurs qualitez, ſe meſlangent en tant de ſortes pour faire les temperaments des indiuidus, qu'il eſt preſque impoſſible de voir deux hommes d'vn ſemblable temperament: De meſme les ſix ſaueurs ſe confondent en tant de façons, que nous ne trouuons iamais, ou rarement deux choſes d'vn meſme gouſt. Et pour trouuer celuy du fer, tu te monſtres le plus ſot cuiſinier, & le plus ignorant philoſophe qui fut iamais. *Nous auons* (dis tu) *le fer treſpur, mais eſtant mis dans la bouche il n'a aucun gouſt.*

& lib. 4. cap. 6. Gal. lib. 1. ſimp. cap. 5.

Voila argumenté en bouuier, qui ne ſçait pas que le feu ſoit chaud, s'il n'en approche la main.

Ta philosophie t'auoit-elle point appris, qu'il faut qu'il y ait proportion entre l'object & le sens? Rabelais ton ayeul estoit plus fin que toy. Il t'enuoiroit à l'eschole des chiens, qui rompent l'os pour auoir la mouëlle. Ie ne te diray point du fer, mais roule vn grain de poiure dans ta bouche, & tu verras si tu en trouueras le goust acre, si tu n'en romps l'écorce. Si, comme Chicot, d'apoticaire tu eusses esté faict Medecin, tu n'aurois pas incognu la preparation du fer: Et si tu n'auois sçeu le reduire en huile, ou liqueur, pour en trouuer le goust; au moins tu n'aurois pas ignoré d'en faire du saffran, *crocus martis*, & le rendre si leger & si prompt au meslange, qu'il nage sus l'eau, & qu'il la teint. Et lors l'ayant rendu proportionné à ta langue, tu en aurois trouué facilemēt le goust: Pour l'apprendre; il te faut de

Arist.

Rab.c.1.

Pæn. Lib. Da.c.18.

Ren l.3. an. c.16.

Quer. c. vl. phar.

Medecin, faire Apoticaire. d'Euesque, tu deuiendras monnier.

Ouy mais, diras-tu, c'est par le moyen du feu, qui dompte ceste dureté du fer, laquelle empesche qu'il ne puisse communiquer ses qualitez à l'eau qui coule par ses minieres.

Ces diables qui trauaillent aux mines de fer ne t'ont pas voulu dire la verité (car ils sont menteurs): Mais ils te pouuoyent apprendre, que la mine de fer dans les entrailles de la terre n'est pas dure, comme le fer purifié par la fonte, & que l'eau qui la penetre depuis le centre de la terre, peut estre, iusques à nous, retient facilement de ses qualitez. Consulte vne autrefois de meilleurs diables.

Voyons ton dernier argument de fer pag. 16. *Encore que les eaux d'Hebecreuon rafraichissent, ouurent, & fortifient* (dis tu) *Il ne s'ensuit pas qu'elles participent du fer: mais plustost de quelque autre chose, comme de la cichoree qui a ces mesmes qualitez.*

Si tu voulois donner quelque force à cest argument, il te falloit mieux imaginer, que la cichoree: Car quand ceste herbe auroit ces qualitez aussi fortes que le fer, ce qui n'est pas; Qui croira qu'il y ait dans la terre des montagnes de cichoree, d'où ces eaux empruntent leurs qualitez en passant? Ton imagination de cichoree, ne sent-elle pas plustost la resuerie d'vn iardinier fiéureux, phrenetique, ou maniaque; que la ratiocination d'vn philosophe? A l'hellebore, à l'hellebore.

Tu viens apres aux qualitez du vitriol, que, pour feindre l'homme de bien, tu concedes à ceste eau d'Hebecreuon. C'est pourquoy, ne m'y arrestant point, ie remarqueray seulement ton impudence, de donner vn demẽtir en latin à Estoupeuille. Ie sçay bien que les Romains n'en faisoyent pas d'estat, & que l'on a dementy beaucoup de fois Cæsar à sa barbe, sans qu'il en ait pris la cheure. Mais entre les François il en va tout autrement. Car ils estiment le Mentir, vn si horrible vice, qu'ils souffrent plustost tout autre reproche. Mais tu fais le Eras. fendant, Harpalus de la roche doree, sous le nom d'autruy. Tu veux tirer la chastaigne du feu auec la patte du leurier. Nomme toy, si tu oses: Et ie m'asseure que pour ton démentir en latin, Estoupeuille te gaulera bien en françois: Car on m'a dict qu'il est soldat. Il me semble que i'oy les coups,

Mar. *Zon sus l'œil, zon sus le groin,*
Zon sus le dos du sagouin.

Passons au souphre. Tu trouues que ce n'est pas bien argumenté des effects à la cause. I'ay impri-

imprimer vne nouuelle logique.

Platon conclud qu'il y a des Demons, par les enchantements & sortileges. *Ex effectis enim causæ necessariò demonstrantur.* L'argumēt de Cahaignes est fort clair & conclud en bonne forme: Mais parce qu'il n'est pas pedantement, à ta mode; tu fais semblant de l'ignorer: Il te le faut desuclopper. Pl in apol. Arist.

Les eaux d'Hebecreuon sortant des veines de la terre, ont les mesmes qualitez que Dioscoride, Mathiole & les autres attribuent au fer, au vitriol & au souphre.

Or il n'y a rien dans les entrailles de la terre, qui puisse bailler telles qualitez aux eaux d'Hebecreuon que le fer, le vitriol & le souphre.

Donc les eaux d'Hebecreuon empruntent ces qualitez du fer, du vitriol & du souphre dans les entrailles de la terre.

Pour la saueur & l'odeur que tu dis y manquer; ie te renuoye à

Libau. Da. c. d. 5. Quer. c. vl.

la preparation du ſouphre. Si tu en auois veu les fleurs parfaitement ſublimees en couleur de ruby, ou la creſme & le beurre, (cõme ils appellent) tu ſçaurois qu'ils n'ont ny gouſt ny odeur faſcheuſe; & que pluſtoſt ils ſont preſque inſipides. Et tu denieras à Nature, ô Phyſicien, ce que l'artifice peut faire? Ie voy bien que tu n'entends rien au ſouphre, outre ton diaſulphur.

Tu penſes eſtre à nopces, quand tu examines ceſte clauſe de Cahaignes, *ſi les contraires meſlez retiennent leurs forces entieres. &c.*

Ne te reſiouis point tant: Car tu te trompes, prenant ceſte clauſe abſolute, qui n'eſt que conditionelle: Il y a vn, *SI*, *ſi vires integras retinent*. Mais ie te pardonne de n'auoir pas veu ce, *SI*, Tu n'aperçois pas tous ceux qui ſont en toy.

Auec auſſi peu de raiſon tu le

reprens de ce qu'il dict, *l'adstriction & la discusion estre faictes en vne mesme petite partie*. Car il parle en cêt endroit comme les medecins, qui iugent les choses naturelles à l'aune des sens. Pren garde de ne mesurer pas les Diuines au mesme boisseau.

Mais te voicy aller à l'essor, sus les aisles te ta vanité, & de ton ignorance. Cahaignes auoit faict deux questions. L'vne, *Ce qui faisoit, que ceste eau beuë, rafraischissoit le foye chaud, & r'échauffoit les nerfs d'vn mesme malade*. L'autre, *Que deuenoit la faculté qui échauffe en ceste eau, lors que celle qui rafraischit agissoit au foye, &c.*

Monsieur de Cahaignes auoit respondu prudemment & doctement, doutant & interrogeant à la façon de Socrate en Platon, pour donner iour à l'imagination des esprits, qui se voudroyent encore exercer à philosopher là dessus. Mais toy, tu te mesles d'y respondre resolument en Raminagrobis, en cathedrant. Ie croy que tu penses auoir toute la ceruelle du monde, dans la teste, les autres n'y ont qu'vne citrouille. Il semble que Nature ne face rien que par ton ordonnance: Et neātmoins, pour resoudre ces deux questions, tu veux qu'on suppose quatre choses, & qu'on les tienne veritables à ta simple caution: baille nous des pleges; nous ne pouuons rien prester à credit, à vn qui se ménōme. C'est la marque d'vn Saffrannier. D'ailleurs, tes solutions sont si fades, & appuyees de si peu de raisons, que tu es contraint de nous r'amener à l'experience de la rhubarbe. De philosophe, ou medecin rationel, te voila Empirique. Mais de quelles raisons, ie te prie, peux-tu fulcir & affermir tes solutions? Tu nous dis, *que ceste eau rafraischit le*

Rab.

foye par accident, & qu'elle échauffe les nerfs par la chaleur qui luy est propre. Calida cum sit, &c.

Mais comment est-ce que ceste chaleur se porte entiere aux nerfs, sans estre communiquee au foye & aux autres parties par où elle passe premierement? Te voila à *quia*. Il faut que tu ayes recours aux proprietez occultes. Car ie veux payer pinte & fagot, si tu me peux montrer par raisons éuidentes & necessaires, que ceste eau puisse échauffer les nerfs, sans échauffer le foye, où elle passe premierement: Non plus que tu ne sçaurois dire, pourquoy la rhubarbe purge plustost les humeurs bilieuses, que les autres. Si tu le peux montrer, ie te tiendray du moins pour quelque oracle. *Et eris mihi magnus Apollo*. Mais ie sçay bien que tu as d'autres affaires. *Veræ differentiæ nos latent*. C'est à dire que tu n'y vois goutte.

Virg.

Arist.

Or comme tes ſolutions ſont incertaines; l'exemple, que tu allegues de la rhubarbe pour les cõfirmer, eſt trés-faux. Car iamais les bons medecins n'vſerent de rhubarbe pour rafraiſchir le foye, ny pour vn homme de temperament chaud & ſec, au moins, ſans grande correction: Au contraire, la rhubarbe eſt la mort du foye chaud. *Rhabarbarum, calidioris hepatis mors.*

Riol. c. 1. ſec. 3. tract. 2.

Cependant tu nous baillois tes ſolutions pour argent contant, t'émerueillant qu'vn vieux medecin, comme Cahaignes, ne s'en eſtoit aduiſé. Et moy, ie m'eſtõne de ton impudence, qui met ta faux en la moiſſon d'autruy, & auec vne aſſeurance effrontee, fille de ton ignorance. Tu me fais ſouuenir de ces chicaneurs de village. Qu'on leur demande leur aduis d'vne cauſe, ils reſpondront affirmatiuement, comme toy, dés le premier mot : Et en prendront l'issuë & le hazard sus leur honneur. La Cour ne pourroit iuger autrement que ce qu'ils en pensent, si elle n'estoit aueugle. Mais que l'on consulte Eschard, Turgot, Sallet ou autres de leur classe; apres qu'on leur aura conté le faict de fil en éguille, & qu'ils en auront épluché les raisons sus le volet; encore en respondant diront-ils, *Semble au Conseil*, &c. O qu'il y a de difference entre les habiles, & les sots!

Ne t'eust-il pas esté plus seant d'admirer auec Cahaignes les effects de ceste eau, & en rapporter les merueilles à Dieu, qui en est autheur; que de vouloir tout controller ? Mais tu n'es pas homme à merueilles, *quæ credat Iudæus apella*, (dis-tu). Toutesfois pour ta creance, ou ton incredulité, il n'en est ny plus ny moins. *Propter nostrum affirmare, aut negare, nihil est magis in re*. Ar. Peut-estre ne crois-tu pas des choses, qui te seroyent beaucoup plus necessaires. Ie ne m'efforceray point à te les persuader. Car à lauer les oreilles d'vn asne, on perd le temps & la lesciue.

Ie ne suiuray point le reste de ton

discours. Le ieu n'en vaudroit pas la chandelle. Tu finis comme tu as cõmencé, & tousiours mentant, abboyant & mordant la reputation d'autruy; voire mesme de toute l'Academie de Caen: qui, malgré toy sera tousiours enrollee en place honorable entre les Vniuersitez de France. Car si tu en veux oster Paris, Tholoze & Monpellier, dy moy quelle autre la doit preceder & enquoy? Et ie ne doute point qu'elle n'ait assez d'escoliers (ie ne veux pas dire de professeurs) qui feront recognoistre que tu es, non pas l'infamie & la honte (cõme tu parles d'elle) mais l'abomination & l'horreur de la nature humaine, si tu ne chantes bien tost vne palinodie. Alors tu te repentiras, enuieux Aristarque, & te voyant vaincu, quelqu'vn chantera publiquement de toy.

Ainsi trop follement la puißance liquide
De ce fleuue écorné combattit cõtre Alcide.
Rons. *Ainsi contre luy-mesme Antee osa luitter,*
Ainsi contre Apollon Marsye osa fleuter,
Qui pour punition de se prendre à son maistre,
De son dos écorché fist vn grand fleuue naistre.

FIN.

CENSORI

PRÆLECTIONIS MEÆ DE AQVA MEDICATA fontis Hebecreuonij, nomen Fr. Chicotij ementito, Iacobus Cahagnesius.

QVAM multa homini præter expectationem accidunt! Ecce, Iacobus Bassus Typographus attulit ad me die vltima Iullij nouissimè elapsi fasciculum quẽdam in quo superscriptum erat, Detur Basso, vt eum Cahagnesio reddendum curet: Eo aperto nihil præter exemplaria libelli cuiusdam reperio, cuius hic est titulus, Admonitio ad Iacobi

Cahagnesij in Academia Cadomensi Medicinæ Professoris Regij libellum de aquis medicatis Hebecreuonij ad fanum D. Laudi nuper repertis. Certè nihil minùs expectabam, quàm vt quisquam in meam prælectionem scriberet, aut si quisquam scriberet, quindecim menses in libelli vix duo folia continentis scriptione consumeret. Asinus duodecimo mense conceptum semen reddit, at fœcundum admonitoris mei vel Censoris ingenium tarditatem asini tribus mensibus superauit. Vnum illud doleo, me nescire quis sit ille egregius Censor, aduersarius meus, contra quem hæc mihi suscepta est literaria dimicatio. Quicunque tamen is fuerit, eum & falsarium & mala mente malóq; animo præditum esse cogor agnoscere, quòd suo nomine suppresso, falsum Chicotij nomen assumpserit, & ab hac falsitate fundamentum non admonitionis, sed maledicentiæ iecerit. Excutiendus igitur est ingenij mei iādiu otiosi torpor, armāda calamo pro mei defenſione man⁹, explicãdæ literatæ literæ, victóque & profligato ſilentio, ad ea quæ mihi ſunt obiecta reſpondendum, hac tamen cautione, vt in reſpondendo, intra modeſtiæ fines, quos ille in admonendo impudenter tranſilijt, meipſum contineam.

Primum admonitionis caput eſt, quòd non ſatis prudenti conſilio prælectionem euulgarim, quia ex ea nullum indocti fructum poſſunt percipere, quòd ſint latinæ linguæ neſcij; Docti autem non niſi difficilia, nec adhuc audita lectione digna cenſeant: Quæ vt concesserim, quis tamen iure me reprehendat, ſi in ea euulganda, animo meo duntaxat, nullius ratione habita fuerim obſequutus? Qui animo ſuo morem gerit, modò nec ſibi nec alteri faciat iniuriam, iuſta reprehenſione caret. Neq; tamen me pœnitet, nec pœnitebit euulgatæ: ſi Cenſori diſpliceat, relinquat eam quibus placeat. At multi tam Itali quàm Galli de medicatis aquis copioſiùs & eruditiùs diſſeruerunt; quis negat? & tamen nimis iniqua eſt hæc comparatio: Aliud enim eſt ſcriptio, aliud prælectio; alia ratio ſcribentis, alia prælegentis, Qui ſcribit vt publicet, de materia quam ſuſcepit ex profeſſo tractat, eamq́ue multorum librorum fide implorata, ſumma cura ſummóque artificio elaborat, nec laboris intermiſſionem facit, donec opus perfectionis ſuæ complementum acceperit: At qui prælegit, id tantùm curat, vt quæ per aliquot horas meditatus eſt, ad captum auditorum accommodet, nec ad plenam & abſolutam elaborationem ea deducit. Et tamen inelaborata mea prælectio, duntaxat intra decorum ſuum contenta, quæ copioſè & eruditè ab Italis & Gallis diſſertata ſunt, compendioſo verborum tractu decurrit, & cõciſa breuitate quam nulla ſequitur obſcuritas, rectóque ordine qui lux eſt orationis, quæcunque de aqua Hebecreuonia debent inueſtigari, complectitur & circunſcribit. Inſuper continet duas ampliſſimas quæſtiones, à nullo hactenus propòſitas, eaſque difficultatis plenas, quæ ſua nouitate & difficultate ingeniis eruditorum placere poſſunt, de quibus, vt ordo rerum vtrinque conſtet, ſuo loco ſermo habebitur.

Pergit deinde, & ſyllogiſmo integro confecto ex meo enthymemate, rationem eludit, qua probaui ignem & aquam inter elementa primas tenere, quòd ſint generationis rerum naturalium principia; ſed ſi addatur quod de induſtria omiſi, quia ex ſequentibus mentem meam ſatis patere arbitrabar, potentiſſima & efficaciſſima, nihil ille ſyllogiſmus contra me concludet; ſcilicet ignis primùm eſt calidum, aqua primùm frigidum, at caliditas & frigiditas inter primas qualitates ſunt eminentiſſimæ, vtq́; ſcholæ verbis vtar, actuoſiſſimæ. Nec tamen aëri & terræ ſuam potentiam & efficaciam detraho, ſed minorem & imbeciliorem eſſe quàm igni & aquæ contendo, quòd humiditas & ſiccitas qualitates ſint potiùs ad patiendum quàm ad agendum comparatæ.

Porrò cum dico me ignis nomine non intelligere ignem n stro rerum omnium vastatori similem, sed calorem illum æthereum qui sub sphæra lunæ collocatus, cœlo cui contiguus est, puritate & virtute respondet, nec in verbis, nec in re pecco. Nam per calorem non intelligo simplicem, nudam & abstractam qualitatem, sed concretam, qua significatione Galenus calorem designat, cum febrem igneo calore definit. Illa verò substantia calore perfusa inter summam aëris regionem & lunæ globum sedē habens, sic à solis syderūq; & cœlorum perenni motu & calore ob viciniam est calefacta & attenuata, vt in igneam quandam naturam, non tamen vrentem & corrumpentem, sed generantem & conseruantem videatur transijsse, quam ego, quòd sit ætheri tenuitate, puritate & virtute similis, æthercam cum quibusdam medicis appello. Quòd verò superior ille ignis quem elementarium vocant, longè sit alius ab hoc inferiore, vtriusque dissimilima natura, & diſſimilimæ actiones luculenter patefaciunt; hic enim cuncta quæ tangit inflammat, & in nihilum redigit, nil aliud exiſtens quàm ſumma feruoris exuperantia; at ille generat, alit & conſeruat, quam vitalem & ſalutarem naturam à proximo cœlo ſyderibuſq́;, vt iam dixi, ſortitus eſt; Et hanc celebrium quorumdam medicorum opinionem, vt veritati magis conſentaneam, & rationibus quæ demonſtrationis vim habent, præmunitam amplexus ſum; à qua non me dimouebit illa leuis, arguta tamen Cenſoris argumentatio, quæ quòd falſo fundamento innititur, (ignem enim inferiorē à ſuperiore deducit) ſeipſam deſtruit. Sed hæc nimis multa de igne, deſcendamus ad aquam.

Arguit me quaſi in aquæ diuiſione leges logicas violarim: Aquam diuido in potabilem ceu potui aptam, & impotabilem ceu potui ineptam; potabilem ſubdiuido in alimentariam, & medicatam; Sub medicata ~~?~~ Hebecreuoniam comprehendo: Hac diuiſione cōſtituta doceo quæ ſint inquirenda in aquam Hebecreuoniam; quorũ primum eſt, per quæ metalla fluat; In articulo ſequente demonſtro illam non vnum duntaxat metallum, ſed tria præterfluere, vnde infero non eſſe ſimplicem ſed miſtam: In hac diuiſione, inquit Cenſor, vitium logicum commiſiſti, quòd an ita ſit, iudicent logici, ad quos tale iudicium pertinet.

Proximè ſequitur examen metallorum per quæ labitur: Petit primùm quo authore probem, ferrum, vitriolum & ſulphur in ijſdem fodinis inueniri. Legat cap. 5. Libauij de iudicio aquarum mineralium, ibi diſcet vitriolum cum ſulphure ex quo fit, in vna & eadem minera conſiſtere: Legat eiuſdem librum de ſyntagm. cap. 10. Ibi continetur operarios vitriolum ex ferro cum quo ſulphur eſt metallicum colligere: Nec dubium eſt illos opifices Normanos exinaniendis ferreis fodinis inſeruientes, quos ille ſæpius hac de re conſuluit, ſulphur & vitriolum cum ferruginea mole confusum collegisse, sed neutrum cognouisse. Si Libauij authoritate non sit contentus, aduocabo Mercatum, qui cap. 10. lib. de viduarum morbis, asserit sulphur & mercurium in propria substantia simul reperiri; & ferrum validissimè purgare & tergere propter maximam copiam sulphuris & mercurij quam in se habet. Quò fit vt chymic⁹ quidam nostras ratione quàm optima, à croco martis quem ad immodicas vacuationes sistendas præparat, sulphuris excrementum & mercurium separet, vt sublata vi tergente & purgante, quam sibi ab vtroque comparat, solam adstringentem retineat. Duo testes sufficiunt ad rei quæsitæ probationem; vt tamen eius veritas magis elucescat, afferam Iosephi Quercetani, violarum nomine notioris, & rerum metallicarum periti testimonium, quod ille, vt opinor, non refellet. Is cap. 20. Tetrad. ferrum in vitriolum, & hoc in illud ob naturarum communionem facilè transmutari scribit, & alterum alterius naturam induere. Nec Georgius Agricola quem ille testem citat, absolutè negat sulphur in ferri venis reperiri, duntaxat in singulis reperiri negat.

His succedit grauis oppugnatio meæ de aquæ mistione sententiæ. Dixi aquam Hebecreuoniam ex ferro, vitriolo & sulphure componi. Quòd ferrea sit, primùm ex ferrugineo eius sapore comprobo, huic simili quem aqua retinet in qua chalybs ardens extinctus est: Præposterus, ait Censor, hic est ratiocinandi modus, & ignoti per ignotius, aut per æquè ignotum probatio; Aqua enim chalybeata, subdit ille, sapore tam parum differt à communi, vt nullum vel leuissimum discrimen gustus obseruet: Præterea nullus ferro sapor inest; Nil autem potest dare quod non habet: Sapor in humore fundatus est, at ferrum est corpus quàm aridissimum: si quis sese in fragmento ferri in ore detento & versato saporem dicat animaduertere, doceat qualis sit ille sapor, & sub quo saporum genere collocandus:

Vltimò ſuam opinionem authoritatibus confirmat. Quæ omnia ſic conuello. Falſum eſt aquæ chalybeatæ nullum ſaporem ineſſe, aut ita leuem vt pro nullo fuerit habendus; Contra ſic manifeſtus eſt, vt plerique quibus ad dyſenteriam præſcribitur, ab eius potu ob ingratitudinem abhorreant: Quilibet hanc falſitatem nullâ impenſâ poteſt detegere, fabris ferrarijs qui ferrum candens in aqua ſuffocant ſatis ſuperq́; cognitam: Sapor in humore cõſtitutus eſt, fateor, ſed ferrum non eſt penitus humore ſpoliatũ: Quòd ferri fragmenta ore contenta, nullo ſapore guſtum feriant, non id ſaporis carentiæ, ſed ferri reſiſtentiæ fuerit aſcribendum; Imbecillior nanque eſt linguæ, palati totiuſq́ue oris calor, quàm vt poſſit duriſſimum ferri corpus diſſoluere, ſine qua diſſolutione nequit ſapor ſeſe foras depromere. Quòd ſi authoritatibus hæc diſputatio ſit conficiēda, numero vincam. Iam verò quòd ferro ſapor inſit ita demonſtro: ferrum dum vi ignis colliquatur, fœtidum odorem expirat, eius limatura fœtidiorem, ſi in lebete cui ſuppoſitus ſit ignis, miſta cum aqua ad aquæ conſumptionem agitetur. At corpus quod odoratum eſt, ſapidum eſt, aliàs maniſeſtè, aliàs obſcurè, aliàs obſcuriùs, interdum & obſcuriſſimè: ſunt enim ſapor & odor affectiones ita cognatæ, vt vnus ſit alterius indiuiduus comes. Qualis autem ſit ille ſapor adhuc ambigitur ob diuerſa guſtuum iudicia: Alijs amarus videtur, alijs adſtringens, id eſt amaro aut adſtringenti ſimilis; neutrius enim veram naturam redolet: A quibuſdam ferrugineus dictus; id eſt ferro proprius & peculiaris, quia non habuerunt magis proprium nomen quo illum exprimerent.

Pergamus; ſi in aquæ Hebecreuoniæ miſtionem inquiſiturus, ab experientia & ratione conſilium cœperim, & ab vtraque didicerim eam eſſe ferream, vitriolatam & ſulphuream, quod-nam ego commiſi ſcelus. At, inquit ille, non poteſt ex eius aquæ diſtillatæ vel ebullitione conſumptæ fæcibus probari eam eſſe ferream, quia quælibet aqua ſtagnans ſi diſtilletur, fæces reſiduas colore nigras oſtentat: Nec etiam ex eius effectis, quæ ſunt refrigeratio, apertio & roboratio, quia cichorium pares vires habet; Addit, quod ex facilima eius in varios colores ordine ſibi ſuccedentes mutatione, aſſeuerari nequeat eam eſſe ex vitriolo compoſitam, quia ſi creditur Fallopio, aqua alumine albo perfuſa eoſdem colores refert. Nugæ: Non enim hanc aquam ex ſolis eius diſtillatæ fæcibus ferream eſſe protuli, aut vitriolatã ex ſola eiꝰ in varios colores degeneratione, ſed adiunxi alias notas à ſenſu & ratione deſumptas, quæ ſingulæ vt ſeparatæ nihil inferunt, ſic coniunctæ & ſociatæ concludunt.

Hoc in loco cum in colorum mentionem incidiſſet, digreſſione facta quaſdam de colore quæſtiones in medium proponit, in quibus explicandis voluiſſet ingenij mei acumen oſtentari. Verùm non omnia dici poſſunt in omnibus, nec omnes quæ de materia ſuſcepta moueri poſſunt quæſtiones, vna prælectione includi & contineri queunt: Sed vt par pari referam, quod illũ mordeat, vellem vt in eo loco in quo vires aquæ Hebecreuoniæ ſibi non cognitas malignè attenuat & eleuat, hanc quæſtionem adhuc intactam attigiſſet, An aqua Hebecreuonia febres intermittentes ſanandi vim habeat, cum earum curatio ſit bilioſorum humorum in prima regione congeſtorum, per os, per inteſtina, per veſicam & per cutem vacuatio: At hæc aqua bilioſos humores per os nõ vacuat, quia vomitũ non mouet, nec per aluũ quam in pleriſq; ſiſtit, nec per cutẽ, quia ſudores in paucis excitat, quiq; potiùs madoris quàm ſudoris nomen merẽtur; nec per veſicã, nam vrina quæ redditur, talis eſt prorsꝰ qualis aqua aſsũpta; nec in colore nec in ſubſtãtia mutata, imò verò nihil ſedimẽti exhibet, licet per vnum & alterum diem reſederit, vt in meipſo inque alijs potoribus annotaui; & tamen ea febres tertianas ſanat, vt quotidiana docet experientia; cui fides abrogari nequit: hæc quæſtio vindice digna.

Poſt digreſſionem redit ad cenſoriam animaduerſionem. Contrariorum huius aquæ effectuum rationem redditurus, dixi contraria ſimul miſta, ſi vires integras retinent, eas exerere, cum à calore natiuo in actum rediguntur: veritati repugnas, inquit Cenſor, acerbè quidem: Nondum enim verè ſcitur an qualitates elementariæ ſint in miſto retuſæ, an potiùs integræ, quales ſunt in ſuis elementis. Huius quæſtionis veritas non in profundo putei, vt loquebatur Democritus, ſed in abyſſo maris adhuc deliteſcit, è quo nondum potuit emergere. Hinc exortæ ſunt duæ opiniones ex diametro oppoſitæ, vtræque validis munimentis defenſæ, quarum alteram cum fuerim ſequutus, verè ſecundùm eam aſſeuero, contraria ſimul miſta, quia qualitates ſuperſtites retinent, tum demum agere, cum à calore natiuo ad actum exuſcitantur; Nam licet quæ in actum educuntur, poteſtate dicantur eſſe; nego tamen hanc poteſtatem excludere ſummos illarum gradus, ſed duntaxat ſummas illarum vires.

Quod ſubſequitur, philoſophica lima caſtigatur; At medici non ſic vt philoſophi vocabula ad viuū reſecant; Nomen formæ quæ eſt eſſentia, temperici quæ eſt qualitas accommodant, & facultatem quamuis ſit acccidens, pro animæ eſſentia capiunt. Hac medica libertate per motum, clariùs per actionem, hæc enim motus eſt à facultate procedens, motionis terminum, ceu effectum intellexi. Quod ſcriptis noſtris volumus fieri, id faciamus alienis, ea candidè interpretemur, non moroſè excutiamus.

Theriacam recentem vno & eodem tempore inſigniter refrigerare ratione opij, & inſigniter calfacere ratione calidorum ſimplicium eius compoſitionem ingredientium, hoc eſt certum argumentum, quòd hauſta ſoporem vigilem & inquietum accerſat, pariterque febrem

febrem quæ licet leuis ſit, pulſu tamen deprehenditur. Si quis iſtud falſi inſimulet, & phyſicis rationibus fultus condemnet, appellabo ad experientiam cui rationes cedent.

Expoſiturus cauſam vnius & alterius quæſtionis à me propoſitæ, nec ab vllo hactenus agitatæ, cum plures attuliſſem, eaſque quòd mihi non ſatisfacerent refutaſſem, inſcitiam meam ingenuè profeſſus, dixi, id eſſe ex eorum numero in quibus licet Dei prouidentiam admirari. Hoc eſt, ait Cenſor, ad ignorantiæ aſylum confugere, debuit dicere, ad fontem ſcientiæ. Eheu? quid aliud eſt humana ſcientia, de qua tantopere quidam gloriantur, quàm mera ignorantia? quàm incerta & inconſtans opinio? quàm loquacitas iudicioſè & artificioſè compoſita & inſtructa? Si quid verè ſciamus, cur de vnius rei vel leuiſſimæ cauſa tam variæ Philoſophorum opiniones? Nam ſi quod verum eſt, ſemper eſt vniuſmodi, quod falſum, varium & multiforme, vnde tanta varietas niſi ex veritatis ignoratione, vno verbo, ex inscientia? Adesse autem potest scientia, si ignoretur veritas? scilicet mentis nostræ splendor à terrestris corporis opacitate sic hebetatur, vt non res ipsas, sed duntaxat earum vmbras, idque veluti per caliginem inspiciat: veritas igitur à cælo tantùm in quo residet haurienda.

Quòd autẽ aperiendæ quæstionis à me propositæ viam quæsierit, laudo conatũ licet irritũ: Nam pro cõfesso accipit quod non [illegible] concedam, aquam Hebecreuoniam refrigerare solùm per accidens & alterius interiectu: Nam si ea ferri spiritum & qualitates decurrens accipiat, & his se totam perfundat, ferrum verò vt ex calida sic etiam ex frigida natura constet, illam non duntaxat ex accidenti, nempe calidorum humorum vacuatione, sed etiam per se, id est, innatis sibi refrigerandi viribus refrigerare contendo. Quæro igitur, cum agit vis aquæ refrigerans in hepar calidius, quid fiat vis eiusdem calfaciens, cum nullæ ægri partes ſunt in frigore intemperatæ; Nil enim repperit in quod vires ſuas exerceat. Non reſpondet ad id in quo quæſtionis cardo vertitur; nodum diſſecat, non ſoluit.

De corporis præparatione ad medicatarum aquarum potationem agens, adduco Hippocratis aphoriſmum, quo iubet corpora ante purgationem reddi fluida, & ſic interpretor, reſerandas eſſe obſtructiones; Rigidus Cenſor hanc interpretationem mancam eſſe monet, & addendum fuiſſe, humores craſſos incidendos & extenuandos: Quaſi verò obſtructiones ſolui poſſint citra craſſorum humorum, qui materiales ſunt & coniunctæ earum cauſæ, inciſionem & vacuationem.

Quod timet ne ſi vinum aqua medicata dilutum, potoribus in paſtu, vti conſulo, detur hauriendum, crudi & incocti cibi virtute tam generoſi remedij protrudantur in venas maiores, & inde in habitum corporis, vnde grauia prodirent ſymptomata, timor eſt inanis, quem illi discutiet experientia, si voluerit experiri. Et sanè fontis Hebecreuonij accolæ, in aqua huius fontis cibos elixant, & ea pro potu quotidiano vtuntur citra iacturam valetudinis. Multa certè persuadet ratio, quæ falsi conuincit experientia; sed vbi aliud ratio, aliud experientia persuadet; hæc apertis foribus admittenda, ratio foras dimittenda, eique iubendum vt res suas sibi habeat, locumque cedat experientiæ.

Sequitur finis aculeatarum contumeliarum plenus: scilicet in fundo vasculi acria sunt aromata. His tamen dissimilis qui priùs vulnerant, dein blandum & molle catapasma admouent, me per blandimenta priùs aggreditur, post pungit & vrit. Blandimenta hæc sunt, I. Cahagnesi te oro & obtestor ne hanc admonitionem in malam accipias partem: Te enim vehementer amo & colo: Tibi ingenium eruditionemque non detraho: non possum tamen dissimulare te parum esse in philosophia diligentem, nimio tui amore laborare, tuóq; iudicio plus æquo tribuere: Non tamen inficior te haud contemnenda indole præditum esse, quæ quod concupiscit, ferè assequitur, sed quæ non optima cõcupiscit, & malit in quadam lenitate, dicam, an lentitudine, quàm in veri inuestigatione incumbere.

Ad quæ singula sibi inuicem vt scopæ dissolutæ cohærentia, meo more, id est modestè respondeo: Admonitionem nisi à maleuolo & obtrectatore profecta esset, boni consulerem. Qua enim libertate & facilitate cæteros refello, eadem refelli volo: Literarias concertationes laudo, modò non sint contumeliosæ: Eruditionem quam mihi non detrahit, mihi non vendico, probos candidosque mores mihi vendico: Philautiæ vitium quod obijcit, in me non agnosco; Nemo sua vitia meliùs cognoscit, nemo suis vitijs minùs ablanditur. Si quid tamen Dei benignitas mihi contulerit, id libentissimè prædico, sed citra cuiusquam offensionem; quæcunque mihi negauit, nec etiam illa taceo: Quòd si ea candida, simplex & nuda libertas sit philautia, philautiæ vitium in me agnosco. Quòd consulit vt in studia Philosophiæ quæ sunt optima & in veri inuestigationem diligentiùs incumbam, sinat (quæso) me in eadem viuendi forma quam abhinc annis quadraginta constanter teneo, constanter permanere: Non in rerum naturalium, quarum causæ tandiu tantisque animorum tortionibus quæsitæ sunt, nondum tamen detectæ, sed in mortis meditatione, quæ vera est eaque Christiana philosophia versari, mortem intrepidè expectare, & interim in animi corporisque tranquillitate, quam inuidioso nomine lenitatem & lentitudinem appellat, quod vitæ meæ reliquum est transigere, prodesse cunctis, nulli nocere, maiorem publicæ quàm priuatæ vtilitatis rationem habere, charitatem in verè pauperes pro mea mediocritate exercere, iram, auaritiam, ambitionẽ, inuidiam, animorum flagella, ad rationis regulam, quantùm homini datum est, dirigere, nihil supra modum concupiscere, nullius quamlibet illustris fauorem aucupari, mea sorte contentum viuere, non assentari, non dissimulare, non aliud habere in ore, aliud in pectore, & ad immortalem vitam quæ verum & summum bonum est aspirare. Hæ præcedunt simulati amici blanditiæ; at quæ sequuntur, hostiles sunt & infames calumniæ. Ego-ne vulneraui facultatem Medicam, qui ad eam honorandam & ornandam omne meæ vitæ tempus, omnem ingenij mei laborem ad hunc vsque diem contuli? qui è mea schola, tanquam ex erudita officina eruditos artifices emisi, qui arte medēdi publicò cum laude & fructu inseruiunt? qui prælectionibus per annos nouem & triginta sine intermissione, non sine rei meæ familiaris graui dispendio continuatis, & literarijs scriptis in lucem editis, effeci vt illa apud exteros innotesceret? qui Germanos, Flandros, Britannos maiores, qualicunque nominis mei fama excitos Doctoratus ornamentis insigniui?

Dicerem plura, nisi de me dicerem, & paucula quæ dixi, à me inuito extorsit mordax improbi Censoris maleuolentia.

At quosdam ad Licentiam promoui latinæ linguæ imperitos, scilicet hoc est fulmen quo à mendaci calumniatore indignè percutior, sed huius bruti vanique fulminis ictus non extimesco; Nulli nanque nisi bene merenti, & in morborum remediorumq; cognitione probè versato licentiam medendi morbis contuli. Scholæ nostræ publicis disputationibus, examinibus, aphorismorum Hippocratis interpretationibus, & similibus ingeniorum experimẽtis personant, quas si criticus Censor frequentasset, censoriam virgulam abjiceret, aliterque sentiret: Nulla ferè huius Prouinciæ Ciuitas est, nullum opidulum in quo non aliquis peritus medicus meis præceptis informatus, & à me licentiatus gratu donatus non resideat: Sunt & alij per Galliam, & per externas regiones dispersi, doctrina clari, qui non alium

alium quàm me præceptorem & promotorem agnoſcunt. Quæ cum ſint non in obſcuro, non in tenebris, ſed in luce omnium poſita, pleniſſimam ſui fidem faciunt. Vtinam verò iſte malitioſus Cenſor ſolum meum honorem qui huc vſque fuerat illibatus, laceraſſet, non etiam in totum Academiæ noſtræ corpus virulentæ ſuæ linguæ virus euomuiſſet: Verùm nihil eſt tam egregium, tam purum tam ſanctum, quod venenata lingua non inficiat, quod calumnia non violet; quam etiam ne ipſi quidem Reges, penès quos poteſtatis plenitudo eſt, poſſunt effugere: Sed id habet illa boni, ſi quid tamen boni rei omnium nocentiſſimæ ineſſe queat, quòd ſtatim atque vitam aſſumpſit, manifeſtè ſeneſcat, breuique moriatur; ob quam cauſam igni cõcepto in palea ſolitus ſum illam comparare, qui eadem celeritate extinguitur, qua gignitur. Ad illud extremum quòd à me ſtolidus Cenſor ſtultè petit, iſtud habeat, me poſthac nulli niſi qui nomen ſuum appoſuerit, nullis etiam conuitioſis ſcriptis reſponſurum; vt enim accipiendis conuitijs non ſum aſſuetus, ita nec inferendis, & ſi fortè mutata ſententia reſpondeam, me non propera, ſed lenta feſtinatione reſponſurum, & reſpondendi leges ab inimico non accepturum. Valeat Cenſor prælectionis meæ. Cadomi, die 5. Auguſti 1614.

Jacobus Cahagneſius hanc reſponſionem præſentibus clariſſimis viris, in publicis Cadomenſis Academiæ ſcholis recitauit, die Martis 12 Auguſti 1614

E typographia IACOBI BASSI, Typographi Regis.

CIↃ IↃ CXIIII.

www.ingramcontent.com/pod-product-compliance
Lightning Source LLC
LaVergne TN
LVHW011958160826
845678LV00002B/607

* 9 7 8 2 3 2 9 6 8 3 1 3 3 *